Gustavo y los miedos

Ricardo Alcántara

Ilustraciones de Gusti

ediciones **sm** Joaquín Turina 39   28044 Madrid

Colección dirigida por **Marinella Terzi**

Primera edición: julio 1990
Segunda edición: junio 1991
Tercera edición: julio 1992
Cuarta edición: diciembre 1992
Quinta edición: marzo 1994

© Ricardo Alcántara, 1990
Ediciones SM
Joaquín Turina, 39 - 28044 Madrid

Comercializa: CESMA, SA - Aguacate, 43 - 28044 Madrid

ISBN: 84-348-3092-2
Depósito legal: M-8757-1994
Fotocomposición: Grafilia, SL
Impreso en España/Printed in Spain
Orymu, SA - Ruiz de Alda, 1 - Pinto (Madrid)

A mi amigo Jaime Ferreira Jr.

Los miedos aparecieron
cuando la tía Milagros
se instaló en casa de Gustavo.
Hasta entonces
el niño no los conocía.
    Pero la tía
no los trajo en su vieja maleta.
Lo que pasó fue
que la mujer los llamó
y ellos acudieron presurosos
para sembrar el temor.
    Resulta que la tía Milagros,
cargada de buenas intenciones,
cuidaba al pequeño
mientras sus padres estaban de viaje.

—Gustavo, hazle caso a la tía
—le recomendó su madre
antes de partir.

Y él se esforzaba
por seguir los consejos de la madre.
Con la tía Milagros
se llevaba muy bien.
Sólo discutían a la hora de comer.

La mujer estaba convencida
de que los niños sanos
debían estar rellenitos y mofletudos.
Y para ello
era preciso comer en abundancia.

Así es que
le servía a Gustavo
los platos llenos a rebosar.
Tanto,
que él se veía incapaz de acabarlos.
—Come, come –insistía ella–.
A ver si engordas esas piernas,
que parecen dos palillos.
—Es que no puedo más
–protestaba el niño.
Y ella lo miraba muy seria,
a punto de perder la paciencia.
¡Hasta que un día la perdió!

Entonces,
enfadada y con el ceño fruncido,
le amenazó:

—Si no comes,
el bicho de la oscuridad
te llevará con él.

Gustavo abrió unos ojos muy grandes,
ojos cargados de susto.
Jamás había oído algo semejante.

—¿El bicho de la oscuridad...?
—repitió asombrado.

—Sí, y es muy malo
con los niños delgaduchos como tú
—afirmó la tía Milagros
ocultando una sonrisa traviesa.

La tía pensaba
que lo que no se conseguía
con buenas palabras
se lograba
con la ayuda del miedo.

Y los miedos,
que son seres endiablados,
acuden veloces
cuando alguien los nombra.

En aquel momento, precisamente,
uno andaba cerca.
Y, al oírlos,
entró en la casa.
Tal como las moscas
cuando descubren miel.

Se trataba de un miedo bajo y delgado.
Tenía los ojos saltones
y los pelos de punta.
Iba vestido de negro.

Andando paso a paso,
se acercó a Gustavo.
Y de un salto acabó por sentarse
sobre el hombro del niño,
muy cerca de la oreja.

Sabía que desde allí le escucharía,
aunque hablase en voz baja.

De pronto,
Gustavo se sintió tan inquieto
que intentó acabarse
la comida del plato.
Lo intentó, sí..., ¡pero no pudo!
En la barriga ya no le cabía
ni un granito de arroz.

—Allá tú —refunfuñó la tía—.

Pero luego no te quejes,
pues yo te lo he advertido.

   Gustavo no respondió
y fue a sentarse ante el televisor.

   Allí se estuvo,
casi sin hablar,
hasta el momento de irse a la cama.

   —Hasta mañana
—le dijo a la tía Milagros,
y se fue a su habitación.

Aquella noche
no había forma de dormirse.
Cualquier ruido le sobresaltaba.
    Pero, finalmente,
arropado por el resplandor de la luna,
lo consiguió.

Al cabo de un rato, se despertó.
Tenía ganas de hacer pipí.

«¡Ahora es el momento!»,
se dijo el miedo,
y los ojos le brillaron.
    A medio despertar
y con la luz apagada,
Gustavo se encaminó al lavabo.
Y cuando estaba en el oscuro pasillo,
el miedo comenzó a hacer de las suyas.

Casi con un hilo de voz,
le dijo al niño:

—Creo que detrás de esa puerta
hay alguien escondido...
El bicho de la oscuridad
anda por allí...
Es muy malo con los que no comen...

Y Gustavo,
en vez de no escuchar
y desprenderse del miedo
con un resoplido de indiferencia,
le prestó atención.

Eso envalentonó al miedo,
que comenzó a hablar
con voz más potente.

—Si el bicho te ataca,
estás perdido —le dijo.

Gustavo sintió
que las piernas le temblaban.

Recostado contra la pared,
se veía incapaz de dar un paso.
　—Vuelve a la cama
—le aconsejó el miedo.
　Sin pensárselo dos veces,
el niño corrió hacia la habitación.
Se metió en la cama
y se cubrió la cabeza
con las mantas.

Entonces
permaneció quieto y encogido.

No conseguía dormirse.
Entre el susto,
el pipí que se le escapaba
y el temor a la oscuridad,
Gustavo lo pasaba fatal.

Viéndole así de asustado,
el miedo disfrutaba a sus anchas.
Incluso decidió llamar a otro miedo.

Y el otro miedo se presentó
en un abrir y cerrar de ojos.

    Era robusto y barrigudo.
Sus orejas acababan en punta,
así como las de los burros.
Y sujetaba sus raídos pantalones
con una cuerda.

    Al igual que su compañero,

se sentó junto a la oreja del niño.
Esperaba con impaciencia
el momento de comenzar a actuar.

Y la ocasión se presentó
cuando Gustavo,
que por fin había conseguido dormirse,
se hizo pipí en la cama.

Al notar que tenía el pijama mojado,
el miedo se puso a berrear
hasta que el niño se despertó.

—Eres un marrano.
Menuda zurra te darán
—le dijo en tono de enfado.

Gustavo no sabía
cómo le había sucedido aquello.
Tampoco sabía qué hacer.
Se encontraba como perdido
y a merced del viento.

Finalmente se cambió de ropa,
intentó secar las sábanas
con una toalla
y volvió a acostarse.
Pero ya no le fue posible pegar ojo.
   Las primeras luces del día
lo pillaron despierto.
Igual que les pasa
a los gatos parranderos.
   A pesar de ello,
se quedó un rato más
entre las sábanas.
Pensaba y pensaba.
Y tras mucho pensarlo, decidió:
«Comeré toda la comida
que me sirva la tía Milagros».
   Entonces,
los asustados fueron los miedos.

Si él tenía
el firme propósito de vencerlos,
sin duda lo conseguiría.
Ya les había ocurrido
con otros niños.

Se miraron de reojo,
incapaces de pronunciar palabra.
Observaban en silencio
cada paso del niño.

Gustavo se presentó en la cocina
y, con un sonoro beso,
le deseó los buenos días
a la tía Milagros.

La mujer sonrió
y continuó preparando el desayuno.
—Ponme una taza bien grande
y mucho pan con mantequilla
–le pidió el sobrino.
Y ella, complacida, así lo hizo.

Gustavo devoró el primer trozo de pan con admirable apetito.
El segundo le costó un poco más.
A mitad del tercero
se sentía a punto de reventar...

¡Y aún le quedaban dos en el plato!
    «No puedo...»,
reconoció para sus adentros,
y dio por perdida la batalla.
    Al oír tales pensamientos,
los miedos comenzaron a aplaudir.
Se habían salido con la suya
y estaban muy contentos.
    Tal era su alegría
que decidieron llamar a otro miedo.

Al notar que los miedos aumentaban,
Gustavo ni siquiera se atrevía
a mirarse el hombro.
Sabía que estaban allí,
pero temía fijar sus ojos en ellos.

Tembloroso, desviaba la mirada.

Pero eso no resolvía el problema,
pues incluso sin verlos
oía sus antipáticas voces.

Y los miedos no paraban de hablar.

—Romperás la taza y te castigarán
–le decían.

—Tirarás el café con leche
y la tía se enfadará
–murmuraban con malicia.

Gustavo estaba tan asustado
que casi no se atrevía
ni a mover un dedo.

De pronto,
una idea cruzó por su cabeza.
Entonces, la expresión de su rostro
cambió por completo.

Gustavo planeaba
deshacerse de los miedos.
Y, para conseguirlo,
pensaba salir a la calle
y echar a correr.
Correría tanto y tan rápido
que ellos no podrían alcanzarle.

Entonces, libre ya de los miedos,
regresaría tranquilamente a casa.
Estaba tan ilusionado con el plan,

que decidió ponerlo en práctica
en ese mismo momento.
   Andando lentamente,
llegó a la puerta.
La abrió y...
¡salió veloz como el viento!
   Corrió y corrió sin parar
hasta que le faltó el aliento.
Entonces hizo un alto.
   Estaba tan cansado...
Pero el esfuerzo valía la pena,
pues creía haber dejado atrás
a tan molestos seres.
Sin embargo...

—La calle es muy peligrosa.
No deberías salir de casa
—le dijo uno de ellos.

  —Aquel muchacho
te mira con cara de pocos amigos
—apuntó otro.

  Y el tercero,
viendo a Gustavo tan acobardado,
se apresuró a llamar a otros miedos.

  Y el niño, bajando la cabeza,
reconoció:

  —Es inútil correr.
Siempre me pillarán.

  Y, apenado,
tomó el camino de regreso.

  Dio un paso más
y le asaltaron mil temores.

  El trajín de los coches le inquietaba.
La gente le causaba recelo.
Incluso huyó de un perro
que se le acercó meneando el rabo.

Entró en su casa tan pálido,
que el más elegante de los fantasmas
le hubiera envidiado.

Al verle en semejante estado,
la tía Milagros le preguntó alarmada:

—¿Te encuentras bien?

—Sí... —respondió Gustavo.

Pero en realidad estaba tan mal,
que hasta le daba miedo confesar
que tenía miedo.

Para salir de dudas,
la tía le puso el termómetro.

Al cabo de un rato,
se lo quitó y...

—No tienes fiebre
—dijo algo más tranquila.

Sin embargo,
Gustavo parecía un pollo mojado,
y a la tía no se le pasó por alto.
Así es que decidió
no quitarle el ojo de encima.

Y al cabo de un buen rato
de observarlo con detenimiento,
se preguntó:

«¿Qué le sucederá?»

Es que Gustavo se había sentado
en el cuarto de estar
y de allí no se movía.

El niño no estaba nunca
tanto rato quieto y en silencio,
y la tía no sabía qué pensar.

Por más vueltas que le daba,
Gustavo no sabía cómo salir
de aquel atolladero.

Su cabeza se había convertido
en un nido de miedos.
Tanto, que ya no se atrevía
ni a salir a la calle
a jugar con los amigos.

Y, como suele suceder,
el paso de los días
empeoró más la situación.
Gustavo llegó a tener miedo
hasta de su propia sombra.

Un montón de pensamientos
rondaban por su mente,
todos negros
como nubarrones en día de tormenta.
   No había manera
de estar tranquilo.
Los miedos no le dejaban en paz.
Y día a día aumentaban.
   Eran tantos,
que Gustavo temía
que la tía Milagros pudiera verlos.
   Por ello,
se encerró en su habitación
largas horas.
Alejado de la mirada de la mujer.
   Protegido
tras los cristales de la ventana,
su única distracción
era mirar hacia afuera.

Contemplaba el ir y venir de la gente,
el andar de los coches,
los juegos de los niños...
De tanto en tanto suspiraba.
Cierta tarde,
fijó sus ojos en el árbol del jardín.
En una de sus ramas
se había posado un pájaro tan pequeño
que ni siquiera sabía volar.
Y eso era, precisamente,
lo que intentaba aprender.
Extendía sus débiles alas
y daba un saltito sobre la rama.
Después miraba hacia abajo
y se estaba un momento quieto.
Sin duda,
impresionado por la gran altura.

Pero al cabo de un rato
volvía a probarlo.

Sentía enormes deseos
de lanzarse a volar,
pero el miedo lo frenaba.

Por fin,
el pájaro sacudió su plumaje
con aire decidido y...

—No lo intentes.
Te harás daño –murmuró Gustavo.

Pero el pájaro,
deseoso de correr tras la brisa,
ahuecó las alas y se lanzó.

El primero fue un vuelo corto,
duró apenas unos instantes.
Rápidamente se posó sobre otra rama.
    Sin embargo,
para él había sido una auténtica hazaña.
    Lleno de alegría,
contempló el vacío con otros ojos.
    Sus alas
ya no le parecían tan poquita cosa.
    Así es que,
una vez recuperado de la impresión,
volvió a surcar el aire.
    A cada nuevo intento,
se hacía más experto
en el difícil arte de volar.
Y la altura dejó de darle miedo.
    Gustavo,
que no le perdía de vista,
murmuró con asombro:

—Ha vencido su miedo...
Y tal descubrimiento
lo dejó pensativo
durante un buen rato,
hasta que...

«Yo podría hacer lo mismo»,
dijo para sus adentros.
Pero la idea le hizo temblar.
    Era necesario
reunir mucho valor para intentarlo.
    —¿Lo tendré?
—se preguntó Gustavo.
    Pero estaba tan harto
de soportar las fechorías
de los miedos
que,
a pesar de no ser demasiado valiente,
exclamó decidido:
    —¡Claro que lo conseguiré!

Y entonces se alzó en pie de guerra,
dispuesto a no dar marcha atrás.
Aunque la impaciencia
le cosquilleaba el cuerpo,
sabía que debía esperar
el momento adecuado
para lanzarse a la acción.
Lleno de nervios,
aguardó hasta encontrarse en la cama.
Durante la noche
habría ocasión
de presentar batalla.

Entonces la oscuridad
se convierte en dueña y señora
de cada rincón de la casa.

Fingía dormir,
mientras los minutos transcurrían
con perezosa lentitud.
Hasta que...
«¡Ahora!», se dijo,
y sin pensárselo dos veces,
se sentó en el borde de la cama.
Igual que al pequeño pájaro,
el vacío le daba miedo.
Tendió sus brazos
para armarse de valor,
y después se encaminó al lavabo
sin encender la luz.

El adormilado pasillo,
envuelto en sombras,
se hacía interminable.

A pesar de ello,
Gustavo avanzaba con paso firme.

Como era de esperar,
a mitad del oscuro recorrido
uno de los miedos
dejó oír sus amenazas.

—El bicho de la oscuridad está allí,
dispuesto a atacarte
—masculló con malicia.

Gustavo aspiró hondo,
y luego respondió:

—Qué tonterías dices,
si ese bicho no existe...

Molesto con el niño,
el miedo afirmó con voz áspera:

—El bicho está oculto
tras aquella puerta.

Sin acobardarse,
Gustavo se acercó a la puerta
y la abrió.
Como era de esperar...
¡allí no había nadie!
—Eres un embustero
–le dijo el niño–.
Todo cuanto dices son mentiras.
    Entonces el miedo,
como si fuera una pompa de jabón,
salió flotando sin rumbo
y acabó por desaparecer.
    A Gustavo eso le dio nuevos ánimos.
    De forma casi mágica,
dejó de sentirse perdido e indefenso.
    Tampoco notaba
el frío que provocan los miedos.

Hizo pipí y, sin pensar
que las luces estaban apagadas,
volvió a la cama.

Entornó los ojos
dispuesto a dejarse llevar
por los sueños,
cuando uno de los miedos
que todavía le quedaban
se propuso asustarlo
con su desagradable vozarrón.

Pero Gustavo no hizo caso.

Como si se tratara
de un antipático mosquito,
dio un manotazo en el aire
para alejarlo.

Y el miedo, asustado,
huyó en veloz carrera.

Igual que ciertos árboles
que pierden sus hojas en otoño,
Gustavo empezó a perder sus miedos.

A la mañana siguiente,
sobre su hombro
sólo había tres de ellos.

Tan alegre
como en los días de fiesta,
se encaminó a la cocina.

Encontró a la tía Milagros
sentada a la mesa
y con una taza en la mano.
En el plato
había una pasta a medio comer.

—¿No te la acabas?
—preguntó el niño.

—No...
—respondió ella desganada.

—Oh...
¡El bicho de la oscuridad
te llevará con él!
¡Y es muy malo
con las señoras delgaduchas como tú!
—bromeó Gustavo.

La tía lo miró muy seria.
Pero después
los ojos se le llenaron de luces
y cayó en una profunda carcajada.

También Gustavo rió con ganas.
Y un par de miedos,
notando que se burlaban de ellos,
se marcharon ofendidos
con su desafinada música
a otra parte.

Dispuesto a acabar
con aquellos malignos seres,
en cuanto terminó el desayuno,
Gustavo comentó:
    —Saldré un rato a jugar.
    —La calle es muy peligrosa
—se apresuró a decir
el último miedo que le quedaba.
    —Calla, mequetrefe,
tú sí que eres peligroso
—respondió Gustavo.
    Sopló con fuerza
y lo mandó tan lejos,
que no se le volvió a ver el pelo.

Entonces
Gustavo abrió la puerta de par en par
y salió.

Lucía una mañana espléndida.